輾転反側する鱏たちへの挽歌のために

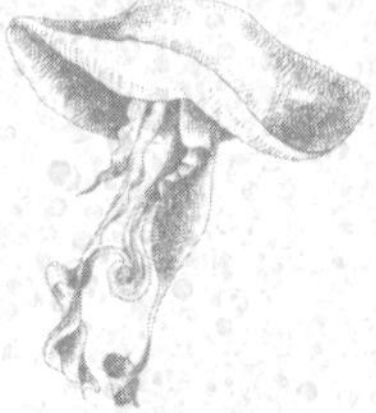

高柳誠詩集

Takayanagi makoto

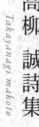

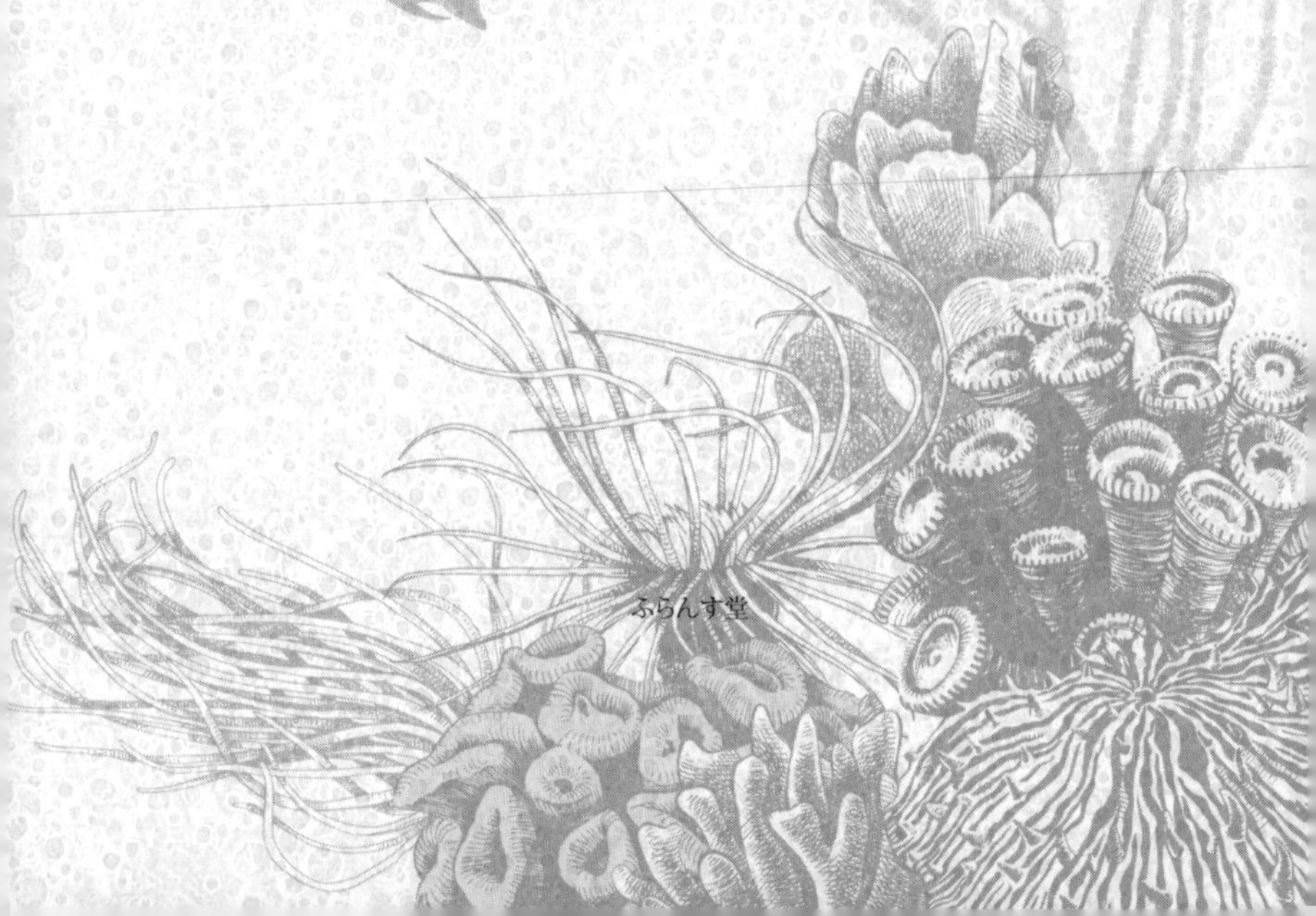

ふらんす堂

詩集

輾転反側する鱏たちへの挽歌のために

輾転反側する鱏たちへの挽歌のために

輾転反側する鱏たちへの挽歌のために
まずは斬首された蛸が用意されるべきであろう
慟哭に沈潜する深海魚の群れに一条の光がさして
海溝はおのれの内なる深淵の詭計に耐ええずに
狂い咲きのサンゴを沈黙の岸辺に投げつける
析出し続ける半島の白亜紀になずむ堆積から
喪われた時の骨格がしずかに浮き上がる
両側にかしずく白鳥の翼をもつ双生児たち
その影に怯える夥しい魚卵の鮮明な痕跡は
瀝青の内部に隠された生命進化の遍歴譚に
自らのありうべき肖像を加えようと企てる
沈下するアトランティスからの幽《かす》かな波動に
鱏たちの死すべき肌も未来の側から赤らんで
冥府での新たな形姿を走馬燈のうちに投影する
そこに追憶はない　存在する余地さえもない
情緒に絡みつく嫋々たる湿度を排斥せよ

デモクリトスの空虚に浮かぶ原子の泡に
生まれ落ちたばかりの物質の卵が反映する
鬱金《うこん》色の太陽が硫酸銅の溶液に染められて
風の薔薇窓に睡蓮の孤独の影が斜めに走る
生成途上のテキストの裏に潜ませた意図が
吃音に連打された子音の間隙を縫って浮かぶ
やがて日暮れを告げる鐘の音が響く傍《はた》から
菫色の夕焼けがだだ漏れとなって視界を塞ぐ
とうに忘れ去られた地誌の蒼白なページに
眠れる山巓が夢みるがごとく立ち上がる
アルゴマン花崗岩の秘匿された喜びの歌に
始原の闇の欠片が雲母《きらら》となって紛れこんで
造山運動の底に眠る通奏低音をゆり起こす
大地の亀裂から鮮烈な熱泉が吹き上がり
世界は眠たげな黄昏一色に染められる
夏の両腕に抱き取られた夕景を受肉しながら

目次

003 輾転反側する鱏たちへの挽歌のために

*

009 （輾転反側する鱏たちへの挽歌のために
013 （まずは斬首された蛸が用意されるべきであろう
017 （慟哭に沈潜する深海魚の群れに一条の光がさして
021 （海溝はおのれの内なる深淵の詭計に耐ええずに
025 （狂い咲きのサンゴを沈黙の岸辺に投げつける
029 （析出し続ける半島の白亜紀になずむ堆積から
033 （喪われた時の骨格がしずかに浮き上がる
037 （両側にかしずく白鳥の翼をもつ双生児たち
041 （その影に怯える夥しい魚卵の鮮明な痕跡は
045 （瀝青の内部に隠された生命進化の遍歴譚に
049 （自らのありうべき肖像を加えようと企てる
053 （沈下するアトランティスからの幽かな波動に
057 （鱏たちの死すべき肌も未来の側から赤らんで
061 （冥府での新たな形姿を走馬燈のうちに投影する
065 （そこに追憶はない　存在する余地さえもない

069 (情緒に絡みつく嫋々たる湿度を排斥せよ
073 (デモクリトスの空虚に浮かぶ原子の泡に
077 (生まれ落ちたばかりの物質の卵が反映する
081 (鬱金色の太陽が硫酸銅の溶液に染められて
085 (凪の薔薇窓に睡蓮の孤独の影が斜めに走る
089 (生成途上のテキストの裏に潜ませた意図が
093 (吃音に連打された子音の間隙を縫って浮かぶ
097 (やがて日暮れを告げる鐘の音が響く傍から
101 (菫色の夕焼けがただ漏れとなって視界を塞ぐ
105 (とうに忘れ去られた地誌の蒼白なページに
109 (眠れる山巓が夢みるがごとく立ち上がる
113 (アルゴマン花崗岩の秘匿された喜びの歌に
117 (始原の闇の欠片が雲母となって紛れこんで
121 (造山運動の底に眠る通奏低音をゆり起こす
125 (大地の亀裂から鮮烈な熱泉が吹き上がり
129 (世界は眠たげな黄昏一色に染められる
133 (夏の両腕に抱き取られた夕景を受肉しながら

（輾転反側する鱏たちへの挽歌のために

輾転反側する鱏たちへの挽歌のために
海面は自ら凪いで明日の愁いにそなえる
太陽光が仄《ほの》かにゆらめく静まりかえった海底
棘皮動物が秘めやかな触手をひらめかせ
軟体動物の硬化した生殖器官を愛撫し続ける
ヒエロニムス・ボッシュの描く悪鬼にも似た
翼のような鰭をひろげる魁偉な顔つきの巨大魚
鼻を思わせるその長い口吻で海底をかぎまわり
おのれの内部に広がる重い水の闇をまき散らす
尾索動物のジェル状の皮膚に光の残滓が反射し
純白の甲殻類たちは海底火山の熱水口に蝟集する
「最後の審判」の時は背後からひっそりと迫り
それを知る由もない数多《あまた》の海底生物たちは

いつか来るはずの地上での生活を夢見続ける
時の流れに縛りつけられた眠れる難破船が
物憂げな骨組みだけを晒して泥土に横たわり
かつて船上で展開された血みどろの闘いのさまや
華やかな舞踏会に響く靴音の記憶を反芻しながら
かぼそい声で哀切なレクイエムを口ずさんでいる
過去とは逃れることのできぬ桎梏の別名だろうか
海胆《ウニ》は前世から憧れ続けてきた毬栗に変身し
有孔虫はその形体を保持したシャンデリアと化す
流れくるジンタに踊り狂う夥しいクリオネの群れ
深海生物たちの演出による海のサーカスが始まる
堂々たる髭をもった団長の海老が岩陰から登場し
鮟鱇の類は鈍重で不器用なピエロを神妙に演じる

エイリアンの巨大な目をもつ魚たちの華麗な円舞
泣き崩れて愁嘆するヴァイオリンの弦の響きが
海底の岩場のすみずみへと伸び広がっていくと
世界は切れ切れの眠りの罠に染まりはじめる
捕囚された海底に鮮烈な朝をもたらすためには
まずは斬首された蛸が用意されるべきであろう

（まずは斬首された蛸が用意されるべきであろう

まずは斬首された蛸が用意されるべきであろう
擾乱の起きた寝苦しい夜の最初の犠牲者として
夜半じゅう帝都を駆けぬける重い軍靴の響きが
少年の無垢なる夢のやわらかな襞を押し破る
駿馬の疾駆する草原は暗い色調に染め上げられ
残雪のまだらに光る山稜が惨劇の予感で翳る
少年の細い腰にまとわりつく不吉な夢の脱殻《ぬけがら》
戒厳令の朝は成層圏を見透かせる蒼穹に始まる
建物に区切られた青の領域を鳩の群れが旋回し
切り裂くように急降下して鳩小屋に帰還する
群れのうちに紛れた伝書鳩に付けられた通信管
首筋の羽毛が朝日を浴びて赤銅《しゃくどう》色にきらめく
少年は見慣れぬ鳩のなめらかな感触を味わい

その手は股間にひそむ小さな雛鳥へと伸びる
体の深淵を突き上げる赤銅色に染められた快楽
鳩の足に付けられた小さな通信管に微光が飛ぶ
眉をひそめて見つめる意味不明の記号の連なり
目的地に届くことは決してない極秘の通信文
タンタンタンと軽快に響く機関銃の速射音を
身体の中心を轟かすドリル音が征圧しつくすと
視界は建設途中の巨大な高速道路に切り替わる
道路は郊外の空間を構築するがごとく交差して
余勢で直進したのち海岸線に沿って鋭く湾曲し
孤独な半島の基部を切断するように延伸する
原生林の残る半島の空を猛禽類がゆうゆうと漂い
頭から真っ逆さまに突っこんで鳩の群れを襲う

赤銅色の首筋に真っ赤な血しぶきが撥ね上がる
半島は沈黙にこもったままその惨劇を是認する
波は飽きることもなく無人の海岸線を洗い続け
そこに夜の湿った布がひたひたと打ち寄せると
凪いだ海は月の光にその覇権の端緒を握られる
慟哭に沈潜する深海魚の群れに一条の光がさして

（慟哭に沈潜する深海魚の群れに一条の光がさして

慟哭に沈潜する深海魚の群れに一条の光がさして
形而上学を発動する矢となって頭足類の眠りを貫く
海流をとらえる足の吸盤がおもむろにうごめいて
遺伝子の目覚めを促す信号が体内をかけめぐる
自らの進化の歴史を反芻するカンテンダコの目に
純白のスクリーンが海底からしずかに立ち上がり
記述不可能な祖先の生態が波の布に染め出される
無惨な戦闘の経緯はどこにもその痕跡をとどめず
かえって華やかな装飾文字の内部に憩ったままだ
化石がふたたび命を宿すことがありえない以上
歴史を語る方法などはたして存在するのだろうか
いくつもの錯綜し重畳する蜘蛛の糸の束から
必然の一本を選ぶことなどできるのだろうか

喪われたままの記憶は忘却の淵に沈ませておけ
安息の時がこの深海を訪れることは束の間もない
ダイダロスの追憶に恩寵が宿ることがないように
数多の後悔が獰猛なサメのごとくその身を食む
海に墜落したイカロスは自ら巨大な鱏に化身し
永劫に逃れられない飛翔への呪縛の印として
身体に刷りこまれた残像のままに海中を飛ぶ
尾ひれの針がアンテナのごとく通信を傍受する
遠い星辰の声がビリリビリリと脊髄を感電させ
体内をたちまち一個の小宇宙へと変容させる
宇宙はわが身に折り畳まれて深閑と憩っている
アンドロメダも蠍も白鳥もすべて身内にある
三葉虫もオウムガイも自らの眠りに沈む

これ以上何が必要だというのか
黙して語らぬ海底の神秘以外に
覚醒の時だけがひそやかに忍びこんでくる
何億年にもわたる星辰の呼び声に反応して
太平洋プレートに甘美な目覚めの兆しが訪れる
海溝はおのれの内なる深淵の詭計に耐ええずに

（海溝はおのれの内なる深淵の詭計に耐ええずに

海溝はおのれの内なる深淵の詭計に耐ええずに
純白の後悔をハナサンゴとして析出し続ける
突如出現する開花期を迎えたサンゴ礁の楽園
ハナサンゴは精子と卵子を体内で受精させる
ひたすら熟成のときを待つプラヌラ幼生たち
離魂を誘う光が満月の夜に海の底にまで届く
繭状に光るプラヌラ幼生が一斉に放出される
海底で繰り広げられるサンゴの産卵ショー
神秘の光のなかに蝟集し氾濫する生命現象
海流に漂い踊り狂う夥しいプラヌラの群れ
そこに凶暴な口を開けた小魚たちが殺到する
血の流れない惨劇ほど恐ろしいものはない
華やかな産卵ショーは無音の殺戮現場と化す

残虐な悪鬼の口から逃れたプラヌラの群れは
繊毛を必死に振りたてて遙かな旅へ出発する
新たなポリプとなる隠微な試練に耐えるために
褐虫藻を体内の組成へとたくみに誘導しながら
終の棲家となるべき岩盤を求めてさまよい流れる
自らが定着すべき未来の場所をめざす放浪の旅は
内なる出自を探求する行為と窮極において重なる
その終着点は海という存在のうちに終わるものか
宇宙から飛来した物質の原点に遡るべきものか
プラヌラは細胞レベルでの郷愁に囚われながら
海流の恣意のままに右に左にと漂うしかない
プラヌラの命をねらう小型魚を回遊魚が襲う
その回遊魚を目的に今度はシャチが躍りこむ

食物連鎖によって体内に摂取された条虫は
シャチの胃壁を食い破って螺旋形に侵入し
かたい脳膜までをも貫いて脳内に寄生する
もはや方位を認識できないシャチの群れは
悲痛なクリック音を噴出しながら暴走して
狂い咲きのサンゴを沈黙の岸辺に投げつける

（狂い咲きのサンゴを沈黙の岸辺に投げつける

狂い咲きのサンゴを沈黙の岸辺に投げつける
気まぐれでかんしゃくもちのポセイドンは
怒りにまかせたままにその白い髭をふるう
晴れわたる大気にたちまち暗雲が発生し
嵐を巻き起こして海面に雨を叩きつける
海は激しくうねり高まり波は暴れ逆巻く
波濤の反乱軍に翻弄され続ける魚たちは
船酔いに似た眩暈《めまい》の渦に巻きこまれながら
感覚を全開放する南方の楽園の日々を夢見る
海底に眠る種族は海鳴りを遠くに聞きつつ
負荷の増す水圧にその皮膚で耐えるしかない
イルカの引く輿《こし》に乗り真珠の冠をかぶった
ポセイドンのほほ笑みに朝焼けの陽が映える

金の魚たちは笑いさざめいて岸辺に押し寄せ
オレンジの花は春風に香りたかく咲き乱れて
飛ぶ夢がフグやイソギンチャクを浸《ひた》していく
腔腸動物はその五臓六腑までを透き通らせて
優雅なダンスを海流と同化させようと試みる
空は海を反映して成層圏まで紺碧に染める
太陽のまき散らす光の粒が空中を飛翔する
リズミカルに戯れる光子の回路の内側から
純白の雲海に乗った駿馬の群れが登場する
駿馬は大地を轟かせて縦横に駆けめぐり
しなやかな肢体を女神たちに見せつける
女神たちの瞳にその軌道が刻印されると
そよ風とともに走り抜けた蹄《ひづめ》の痕跡から

さわやかに香りたつ光波が陸続と叢生して
直ちに各地に飛散し具体物へと変身する
柘榴は赤く熟し無花果は重い実りを垂れる
一斉に開花期を迎える花々の微笑に包まれて
曙光に照らし出された新たな季節が誕生する
析出し続ける半島の白亜紀になずむ堆積から

（析出し続ける半島の白亜紀になずむ堆積から

析出し続ける半島の白亜紀になずむ堆積から
悲哀を晒して結晶させた木蓮の白い花が開く
細胞のうちに閉じこめられた起源の香りが立つ
石灰岩は出自の円石藻をとうに忘れて耀《かがよ》い出し
三日月型に広がるパンゲア大陸の追憶にふける
テチス海は凪いで海面を鏡にまで磨きあげる
かすめるように横切る翼竜の翼に染まる青い影
鋭利な鳴き声が空にこだまし海面に波及する
切り裂かれた海面をたちまちに波が縫い閉じる
神々も胎児の眠りの無垢なる胚芽にとどまって
騒がしい世界に目覚める気配はどこにもない
神なき世界を覆う悠遠に酔い痴れる植生の饗宴
被子植物の群れは岸辺に侵略しようと枝を伸ばす

スズカケノキは鋸歯状の葉を風にかき鳴らして
白い毛のある果実を装飾品のように垂らす
バンレイシは仏像の頭部に似せた果実から
甘い匂いを滴らせて有胎盤類を引き寄せる
堂々たる短冊状の樹肌を見せるクスノキは
樟脳が漂う千年来の夢想のうちに遊泳する
内陸部では荒涼たる砂漠が果てしなく続き
情緒の混じる隙もない乾いた風を送りつける
水分はたちどころに蒸発し岩盤の軋み声が轟く
自らの旗幟を鮮明にして互いに結びつく岩盤
子供がハサミで不器用に切り取った跡のように
パンゲアはいくつもの大陸に自ら分裂していく
地響きを伴って浮遊しはじめる大陸にならって

ティラノサウルスもトリケラトプスも遊動する
地上から自由であるはずのプテラノドンも
絶滅に至るおのれの運命を知ることもなく
降りしきる流砂の海に自ら埋もれていく
間断なく流失する形象の亡骸のなかから
喪われた時の骨格がしずかに浮き上がる

（喪われた時の骨格がしずかに浮き上がる

喪われた時の骨格がしずかに浮き上がる
雨の月曜日の朝
記憶にはない骨折の傷跡が痛む
身内に潜在する危機の予感
松籟をひびかせながら吹く海風は
香りの奥底に太古の生命の刻印を秘めて
少年の頬に残るうぶ毛をそよがせる
雲の切れ間からいきなり射しこむ光に
いくつもの船影が水平線にうかび
時を凝固させたまま陽光にゆらいでいる
海面をとびはねる光は
地上の光と同じものなのか
はしゃぐ光子の氾濫に

内面が未来の側から感光される
広がる青空を優雅に旋回するミサゴは
おのれの遠い出自を知っているのだろうか
遙かな進化の過程を歩んだその時間感覚は
あの鳥固有のものだろうか　それとも
世界に帰属すべきものだろうか
そんなことには一向にお構いなしに
鳥は空に軌跡を描くことに専心している
獲物をねらうその目は極限にまで澄んで
夾雑物など少しも入りこむ余地はない
少年の胸に少量の悲哀が流れこみ
肉体の重さが急に疎ましく感じられる
浜辺の小石を海面に向けて投げつける

波を切って進む小石の描く軌道が
憧憬のむなしさを語っている
内面の空隙に入りこむふとした倦怠
神話の英雄は永遠に謎めいた容貌のまま
光あふれる岸辺に端座する銀色の影が動く
両側にかしずく白鳥の翼をもつ双生児たち

（両側にかしずく白鳥の翼をもつ双生児たち

両側にかしずく白鳥の翼をもつ双生児たち
岩場に伸びた二つの影がくっきりと浮かぶ
迷宮にひそむ怪物を退治したあの英雄でさえ
双子の戦士の戦闘能力にふるえ慄《おのの》いたという
その支配に怯えた青銅時代は遙かな過去となり
星座の由来だけが伝承のページに残されている
歴史とは関連づけられた一つの物語にすぎない
絡みもつれあった時の編み目の粗い手触りに
生の実感がさらさらと際限もなくこぼれ落ち
事象の影がそっと存在の根元へと伸びてくる
岸辺のギンバイカにもオレンジにも影は伸び
花嫁の髪を飾る花冠も空しく投げ捨てられる
芳香が立ちのぼり折からの風にのって広がる

風は大きくふくらんで自らの意思で駆けめぐる
英雄たちを乗せたアルゴ船は風に乗って進む
人語を自在に操る神聖な樫で作られた船首が
オルペウスの奏でる竪琴にあわせて歌い出す
時の黒い影が歌声のうちにそっと忍びよると
英雄たちの語る冒険譚も直ちにしぼみ衰えて
夕暮れがまたたく間に闇のカーテンを下ろす
目の奥を射抜く暗黒がどこまでも広がって
漆を流した空にやがて満天の星がまたたく
星空に物語を読もうとするのは無用な行為だ
因果律ですべてを語ることはもはやできない
遠く汽笛が夜空に喰い入るようにひびく
暗黒物質が音もなく頭上に降りしきり

足元の大地がふとゆらぐ気配がして
終末の予感がひたひたと打ち寄せてくる
波はいつまでも岸辺の岩場を洗っている
波打際に飛びこむ方位の狂った魚の群れ
存在の履歴を否認するしかないのだろうか
その影に怯える夥しい魚卵の鮮明な痕跡は

（その影に怯える夥しい魚卵の鮮明な痕跡は

その影に怯える夥しい魚卵の鮮明な痕跡は
輪廻の左手がかざす闇のきらびやかさのうちに
未来の変身譚への契機を摑《つか》もうと身もだえする
孵《かえ》らないまま放置されたコマドリの卵の表面には
澄みわたる空の影がいつまでも貼りついている
その形象に造化の意思を読み取ろうとする試みは
表層を覆う虚妄の輝きに晦《くら》まされるしかない
単に太陽の反射光にすぎない月の明かりに
有史以前から人が翻弄されてきたように
「みる」とは主体の欲望の歪《ゆが》められた反映にすぎない
その欲望がどれほど歴史を狂わせてきたことか
人の視力は太陽を直視することさえできない
天体の軋みがかすかな波動となって聞こえる

光の波動が伝えてくるものを全身で感じ取れ
自らの存在を波動と一体化させるのだ
そのとき人は光の穂先になれるかもしれない
穂先となって存在の根に触れられるかもしれない
山なみに輝く雪渓が虹彩を射る
目の奥に鈍い痛みが走り
色彩の舞踏が繰りひろげられる
目のうちの幻影に魅入られるがまま
世界の変容を受け入れている自分がいる
「わたくし」などどこにもいない
遠く宇宙空間を渡ってきた元素たちが
存在の根を求めて身内でざわめく
この存在も遠からずまた元素に還元されて

やがてばらばらに宇宙空間に飛び散っていく
遙かな遍歴の後に帰還することはあるのだろうか
自分のものではない記憶が脊髄をおそう
流星が夜空を走って目のうちに飛びこみ
遺伝子の螺旋構造は人知れず戦慄する
瀝青の内部に隠された生命進化の遍歴譚に

（瀝青の内部に隠された生命進化の遍歴譚に

瀝青の内部に隠された生命進化の遍歴譚に
ホエザルもオーボエに似たため息を漏らし
過去に向けた顔に憂愁の仮面を貼りつける
深遠な系統樹から最弱音のトレモロが流れ
咽頭部の喉袋がそれに共鳴してふるえ出す
鬱蒼たるジャングルにも光の粒子は侵入し
オゾンにみちた大気の中で惑い漂っている
光とたわむれるヘリコリアの花がゆれ動き
カラジウムは色とりどりに葉をきらめかす
足元から這いのぼる温気《うんき》が全身を包みこみ
空気の層を繭状に密閉して意識を濁らせる
繭を切り裂いて飛びこんでくるモルフォ蝶
蝶は光と化し翅《はね》から金属光沢を乱反射させ

周囲の空気を急速に冷却しながら飛び回る
ほの暗い植物相の内部での光の自在な運動
メタモルフォーゼのなかにいるモルフォ蝶
蝶を魂の化身と見た古代ギリシアの思考に
骨髄液まで神秘の青に染められて振動する
突如出現した川が巨大な鏡として目を射る
魚の群れが次々と飛び跳ねては鏡面を乱す
滔々と流れる大河は一瞬たりと休む暇なく
いつか海に辿りつく日を信じて流れていく
水にとって海は最終の目的地なのだろうか
あるいは循環すること自体水の宿命なのか
すべてが循環するサイクルのただ中にいる
私の内なる水はどの位置を占めているのか

その果てしなさに目前の風景がゆらぎ出し
カラジウムの葉の一枚になった幻想に怯え
モルフォ蝶の光とのたわむれに心奪われる
ガサゴソと現実世界の音が夢想の膜を破り
森蔭からおもむろに現れたオオアリクイは
自らのありうべき肖像を加えようと企てる

〈自らのありうべき肖像を加えようと企てる

自らのありうべき肖像を加えようと企てる
秋の朝露に濡れそぼつ針葉樹林帯のイチイ
眼界を撃ってくる赤い実の光沢のうちに
孤立にもとづく憂愁がしずかに翳っている
光の粒子は赤い形象の表層にとどまって
未来に向けた旅立ちへの憧憬に憩ったまま
独自の波長を世界の内部へと発信している
周囲を取り巻くトウヒやアカマツの類は
出自をめぐるかしましい呟きに耐えながら
千年の沈黙のうちにおのれを守っている
時間のひたすらな堆積が尊厳を生み出し
岩にも似た樹肌を身にまとわせたのだろう
皮膚を透過してその無骨な温かさが伝わる

葉の細部までを吹き上げる南方からの風は
一つ一つの細胞を霊気で満たす代わりに
針葉樹特有の香りに染まって去っていく
風は何色にも染まらない矜持をもつ一方で
どんな香りをもためらうことなく受容する
声立てて光と睦みたわむれあいながらも
互いの尊厳を冒さず自分の領域に帰っていく
木の間隠れに輝いて見えるのは海だろうか
風と光はあの海からやってくるのだろう
遠い潮騒が耳鳴りのように脳内にとどろき
肉体のうちの海の部分がそれに反応する
リズミカルな音を立てるのはアカゲラだろうか
その律動が千年の沈黙を覚醒させようとする

下藪でとつぜん乾いた音をたてるコジュケイに
不意の闖入者であるおのれをあらためて自覚する
世界は大いなる調和のもとに自らを肯《うべな》っている
眠りに陥りそうな風景の休止符のただなかで
大地が存在の基盤を自覚してわずかに振動する
沈下するアトランティスからの幽《かす》かな波動に

（沈下するアトランティスからの幽かな波動に

沈下するアトランティスからの幽《かす》かな波動に
海流は不穏なうなり声を伴ってうねり騒いで
白濁した気泡となった波頭を海面にあらわす
幻の帝国は深海の底で不眠の夜を重ねながら
いつか歴史の表面に浮上する日を夢みている
驕慢がもたらす堕落のために沈下した帝国は
造山運動によって再浮上することが可能なのか
海底の泥土に横たわる幻想の都市にうずくまる
世界のすべての現象を記録した図書館の内部で
秘匿されたままに忘却されたアカシャ年代記は
宇宙の超感覚的な歴史を今も発信し続けている
霊的なパノラマを透視できない身にとっては
すべては華麗なる虚妄のうちに留まるしかない

プトレマイオス朝の王たちの野心を実現した
前代未聞の規模のアレクサンドリア図書館が
巨大な列柱だけを残して廃墟と化したように
ホメロスの叙事詩のパピルス写本をもとに
厳密な本文校訂や偽造文書の研究によって
学術研究の中心地だったさしもの図書館も
無知蒙昧な為政者による知識人追放のせいで
文明の衰退とともに荒廃する運命に見舞われた
カエサルが自らの船隊に放った火が広がって
夥しい文書が炎上し破壊されたとも伝えられる
愚かな人間の傲岸さによって文明は破壊される
海はその痕跡さえ貪欲に呑みこんだのだろう
アジサシの群れが立て続けに海面に飛びこんで

たちまちにして狂乱に満ちた修羅場が展開される
逃げまどう魚たちは宇宙からの超感覚を感受して
その霊的なパノラマを全身で透視していながら
現実がもつ仮借ない苛烈さに屈服するしかない
海底火山のマグマがゆるやかに持ち上がる
鱏たちの死すべき肌も未来の側から赤らんで

（鱓たちの死すべき肌も未来の側から赤らんで

鱓たちの死すべき肌も未来の側から赤らんで
胸びれに広がるさざ波状の痙攣に耐えつつ
やがて来る断末魔がもたらす苦痛に備える
死の向こう側にはなにが広がっているのか
虚無の深淵に沈みこんだブラックホールか
豊饒たる光にあふれ無に無を重ねた虚空か
太平洋が渦を巻いてその中心から水位を上げ
ほとばしる激情を制御することもかなわずに
荒ぶる波濤を忘れ去られた岸辺に投げつける
夜が狂乱する大海を丸ごと覆い抱き包んで
邪念の形に飛び散らかった雲を掃き出すと
月は澄みわたった空で知らん顔を決めこみ
クレーターの作り出す明暗を誇張しながら

薄青い幻想が生み出す光景を演出している
それに負けじと冬の大三角が空に展開する
一生を終える超新星爆発の時が近づくなか
ベテルギウスは赤い光を律動的に発しては
凄みを感じさせる不規則な光度変化を見せ
故郷の星座を飛び出した逃走星の生涯を
波乱にみちた物語に仮託して語りかける
シリウスはその清浄な光で即座に応答する
かつて二つの恒星からなる連星だったときの
喪われた伴侶の甘い追懐にむせび泣きながら
プロキオンもあまりにも暗い伴星の存在に
おのれの連星としての運命を予感しつつも
空の一角を懸命に守って薄黄色い輝きを増す

大三角が統率する冬の星空は秩序を保って
互いの法則に従いながら調和ある運行を守り
死した後に何億年も光を放ち続けるのだろう
重力波はしんしんと地上のすべてに降りそそぎ
浸蝕され貫通された塔の記憶に翳る尖塔部分は
冥府での新たな形姿を走馬燈のうちに投影する

（冥府での新たな形姿を走馬燈のうちに投影する

冥府での新たな形姿を走馬燈のうちに投影する
エウリュディケの輪郭が一瞬にして陽炎となる
振り向いたオルペウスの耳に幽かな悲鳴が届き
アウェルヌスの洞窟に空しく響き渡って消える
その残像を摑みとるだけの暇《いとま》さえ与えられずに
降り積もった松葉の詭計にすべてを奪われた
なんの成果も得ることなく冥府を往還した魂が
二度目の喪失のただなかでぶざまに叫びきしむ
冥府の番犬ケルベロスさえ魅了しえたとしても
愛する妻ひとりの命も救えない音楽など無力だ
バッコスの信女たちの手で八つ裂きにされて
体中から血を垂れ流し苦痛に顔をゆがめようと
もはや悲しみさえ俺のうちに生まれることはない

肉体は魂を収めるための仮初《かりそめ》の容れ物にすぎない
むしろこの世に縛りつけるための牢獄かもしれぬ
その軛《くびき》から逃れえて初めて魂は調和のなかで憩う
輪廻転生をくりかえす未来永劫の旅に立つために
天空の彼方で竪琴はその妙なる音を奏でるだろう
流星群が矢継ぎ早に流れ軽快なテンポで弦を弾《はじ》く
それぞれの星座が自らを一つ一つの楽器と化して
たちまち空全体が荘重なオーケストラへと変わる
流星は寡黙な海岸線に音立てて隕石をまき散らす
天空から降りそそぐ音と光の織りなすシャワー
肉体に幽閉された魂を天界へと解放するための
秘儀に満ちた通過儀礼が菫色を背景に展開する
体がぐらりと浮き上がり夜の闇のなかを漂う

地上のすべての記憶を喪って宙を滑っていく
夜はせわしない呼吸を確保するのに専念して
おのれの孤独が生み出す闇のうちに沈潜する
巨大なビル群の薄闇をひたすら流されていく
遠い雑踏の幽かな響きが三半規管にまで届く
そこに追憶はない　存在する余地さえもない

（そこに追憶はない　存在する余地さえもない

そこに追憶はない　存在する余地さえもない
揺籃期にたたずむ淡い影が作る偽りの肖像に
潮風が運ぶテンニンカの香りがまとわりつく
亜熱帯から運ばれた熱気がそこに紛れこみ
海岸近くに咲く桃色の花弁をやさしく包む
その花を愛したリトアニアから来た女庭師は
いつも白い胸元から花の匂いを漂わせながら
聞き馴染みのないメロディを口ずさんでいた
裏庭の池にはオシドリやカルガモがたむろし
水面にじっと浮かんで気が向くと不意に潜る
あれは真理を求めて別世界を覗いているのか
水に映る自分の影をただ追いかけているのか
逃げ去る胸の鼓動が痛いほど体のなかで弾み

盗み取った卵のほのかな温みが手の平に残る
ヴェールを重ねた故郷の花嫁衣装に身を包み
髪を編みテンニンカの花環を被った女庭師の
上気した顔に浮かぶ匂うような笑みを憎んだ
飼育箱に眠る銀トカゲの脱皮したての皮膚は
元の金属質の輝きを少しもとどめることなく
女庭師のベッドの温もりに投げ入れられる
池のほとりに生えたトネリコの銀灰色の幹に
雲の間から夕焼けの最後の光がしたたり落ち
吊るされた仔猫の首に食いこむ針金の輝きに
風に吹かれた翅果《しか》がひらひらと落ちかかる
方解石に曇る文字にしたためられた手紙は
読まれることもなく玩具入れに投げ捨てられ

行き場のない思いは秋の暮れの宙にさまよう
枯葉が新たな芽ぐみを促す契機となるように
もどかしいまでの思いは次の季節を育むのか
少年の細い腿《もも》にはすでに筋肉の予兆がひそむ
夢想を秘匿する山羊革張りの箱のうちの
情緒に絡みつく嫋々たる湿度を排斥せよ

（情緒に絡みつく嫋々たる湿度を排斥せよ

情緒に絡みつく嫋々たる湿度を排斥せよ
擾乱にまつわる抒情の甘い罠を回避せよ
そんなものは冗長な冗談よりたちが悪い
陽に晒したうえで犬にでも喰わせておけ
かすかに腐臭を放つ乾涸《ひから》びた臓物にも似た
忘却にまつわる累々たる感傷に惑溺するな
そこに新たな運動を生むエネルギーはない
秋の夕暮れの光にふるえる追憶を断ち切り
ラピスラズリの藍にかげる結晶質の成分の
珪酸やアルミのように確たる組成をもって
回想のうちに析出する存在だけを尊重せよ
なよなよとしなだれかかる哀愁の幕を切って
それ自体で屹立する構成物だけで構築せよ

夜の幻惑に自足する脆弱な追懐などいらぬ
虚空に屹立する真正の建築物を追い求めよ
それが伽藍の廃墟の像にすぎないにしても
忍びこむ朝霧の秘めやかな流動のうちに
光の確かな組成を網膜の奥に焼きつけろ
スパイラルに展開する電磁波が干渉する
光速の戯れに重力場もひずみ歪《ゆが》みたわむ
媒質を必要とせず真空中も伝播する光の
空駆ける船の舳先にゆったりと影が漂い
その光と影の弁証法に記憶もとろけ出す
果実のうぶ毛にたゆたう光子の眠れる揺籃
蚕によってそこに未成の繭が紡ぎ出され
光の絹が未明の朝に音もなく産出される

銀鱗の輝きを見せて水面を飛び跳ねる
若鮎の尾ひれの一瞬の動きを掴み取れ
川面に映える永遠のきらめきのうちに
運動にまつわるメカニズムを透視せよ
光子はおのれの鏡像をひそかに映し出す
デモクリトスの空虚に浮かぶ原子の泡に

（デモクリトスの空虚に浮かぶ原子の泡に

デモクリトスの空虚に浮かぶ原子の泡に
不滅の物質の後ろ暗い影が揺曳する
点滅する魂は火の玉となって
草原をかけめぐる
草の実の一つ一つに
あからさまな死が宣告され
夕景は燃え上がる蒼穹のなかで悶絶する
だれもその死を見てはならぬ
不可視のなかにこそ死は存在する
窮極的な詩の本質が不可視であるように
詩は死のなかにあって再生を謳うものだろうか
死滅後の幽冥にあって浮遊するものだろうか
トンボの翅のきらめきのうちに

つと光子が顔を覗かせるように
暗黒物質もあちこちに遍在している
それを感受する能力を研ぎ澄まさねばならない
ともすれば息苦しくなる環境を捨てて
呼吸を楽にする姿勢を取りもどせ
深い息はそれだけ深い認識を呼びこんで
肺のなかを新鮮な空気でいっぱいにする
ものを見過ぎてはならぬ
ただ流れいくものを
流れいくままに眺めよ
光の粒子の一つ一つがくっきりと
網膜の裏の裏まで焼きついてくる
見えるものを見るのではなく

刻印されたものを心に浮かび上がらせるのだ
朝の風があらゆるものの内部を
笑いながら吹き過ぎていく
色彩がおどろくほど鮮明に輝き出す
世界が今新たな光景を眼前に生み出し
生まれ落ちたばかりの物質の卵が反映する

（生まれ落ちたばかりの物質の卵が反映する

生まれ落ちたばかりの物質の卵が反映する
洪積世の暮れまどう夕焼けのなかにあって
マンモスの皮膚は氷河期を耐えられたのか
氷漬けの死体は何を語ろうとしているのか
その遺伝子の螺旋構造との共通点の多さに
肉体が根底からゆらめく感覚におそわれて
宙づりとなった意識が目の前で漂白される
季節外れの迷蝶が視界をはたはた飛び回り
眠気をさそう羽ばたきの音が耳殻をなでる
光の蝶となった魂は身体からあこがれでて
大気中に遍在する風の蜜を吸い集めている
おのれの存在に確たる根拠などはあるのか
ひたすら嗜眠に導くおぼろな意識のなかで

体液がゆっくりと脈動するのを感じている
旧人類が死に絶えた暁にも確実に陽は昇り
すべてが失われていく遺伝子構造のうちに
幽かな痕跡は記憶の轍《わだち》として存在し続ける
自己のうちの遙かな旧人類の残滓に感応し
生物進化の通過点としての存在を自覚する
それを進化と断じる論拠があるはずもなく
波は打ち寄せては無造作に砕け散っていく
氷河期にも間氷期にも飽きもせず打ち寄せ
すべての陸地を分け隔てなく洗ったうえで
波は自ら存在の基盤ごと崩れて水泡となる
何万年も経たマンモスの腐肉をねらってか
風切り羽を大きく空に広げたオジロワシが

その褐色の影で乏しい光をさえぎっている
殺戮にともなう血は一滴たりとも流れない
流れない血は鳴り響く海と親和するだろう
そのとどろきが胸郭をうつ心音と重なって
洪積世への追憶が空洞のうちに照り映える
鬱金《うこん》色の太陽が硫酸銅の溶液に染められて

（鬱金色の太陽が硫酸銅の溶液に染められて

鬱金《うこん》色の太陽が硫酸銅の溶液に染められて
おだやかに高まる波の遙か先に沈んでいく
名残惜し気にきらめきを反射していた海面も
今は海底から湧き上がる神秘をつぶやくだけだ
うるさく騒ぎたてていたウミネコの群れも
すでにしてそれぞれのねぐらに帰り終え
海は漆黒にとどろく闇に一挙に呑みこまれて
色彩を失ってとまどう空間が眼前に広がる
寒風吹きすさぶ一枚の空のなかほどに
金星が凍りつくようにふるえている
その瞬きが身内の慄《おのの》きと同調する
金星から見ると　この地球は
どんなふうに見えるのだろう

やはり空のなかほどに一つだけ
凍りつくようにふるえているのか
身内の闇をもゆり動かす星の瞬きは
孤独な天体同士が交わす通信だろうか
心のうちにバッハのオルガン曲が流れ
小川のせせらぎに水草がゆらぐ映像が
網膜のスクリーンにくりかえし浮かぶ
風は地面からしずかに湧き起こり
麦畑をまっすぐに吹き分けていく
遠く人影がぼんやりと浮かんでいる
望郷にいったいどんな価値があるのだろう
見たはずのない情景に立て続けに襲われて
心の生暖かな基底部がしきりに刺激される

郷愁は個人の記憶を超えるものに違いない
遙か遠い淵源から時空を超えて襲ってくる
そのめくるめく波に心の内側から浸される
明け初めた夜闇の残影を押し分けるように
水面に吹き寄せられたさざ波が急に皺だち
風の薔薇窓に睡蓮の孤独の影が斜めに走る

（風の薔薇窓に睡蓮の孤独の影が斜めに走る

風の薔薇窓に睡蓮の孤独の影が斜めに走る
五月の薫風にすべてのものの影が染まる朝
パレットの青が透明度を増して光に応える
街路樹のポプラのざわめきが遠く反響する
事物すべてがまどやかに自足するひととき
爬虫類の標本もその目を過去へとふり向け
ホルマリン漬けの両生類を穏やかに見やる
凸面鏡の表面に進化の歴史は引き延ばされ
ステゴドンの臼歯だけが頑なな沈黙を守る
金雀枝《えにしだ》にコマドリの群れがパラパラと降り
朗らかなさえずりをせわしなく交わしあう
蒼穹のなかに時間が平らかに立ち止まって
光る球体となった少年時が空中に漂い出す

記憶に残るあの薄青い布はなんだったのか
いつも視界を斜めによぎるあの薄青い影は
麗らかな忘却の朝にツバメが空を引き裂き
裂け目から空の青が地上へとこぼれ落ちる
黄金の時を溢れるがままにしてはいけない
少年の脛《はぎ》に光る血痕が忘れ去られてしまう
ナイフの刃は恬淡と空を映して傍に転がり
血に染まるハンカチは主を喪って風に舞う
ステンドグラスに照り映える糸杉の葉群は
孤立した輪郭を蒼穹の片隅に浮かべたまま
穢れた地上を脱出する夢想にふけっている
乱れ咲くイヌサフランの薄紫の花弁の影に
毒性をもつ球根の意思がかすかにゆれ動き

血を吐いて死んだテリアのつめたい感触が
いまも手の平の丘にじっと身を潜めている
喪われた弟の面影がゆっくりと肺胞に蘇り
庭園をめぐる幼年期にまつわる記憶の源が
陸続と迫り襲いくる流砂にうずもれていく
生成途上のテキストの裏に潜ませた意図が

（生成途上のテキストの裏に潜ませた意図が

生成途上のテキストの裏に潜ませた意図が
水中花のようにスクリーンに浮かび上がる
コスモスの乱れ咲く草原が果てしなく広がり
色彩の氾濫がとりどりに風に翻弄されながら
やがて針葉樹の森へとおもむろに変容していく
空気は突如凛とした透明性を露わに結晶化して
螺旋形を描きながら肺の奥へと侵入してくる
きりきりと痛む胸を抱えながら森をさまよう
針葉樹の森はいつのまにか湖水に浸蝕されて
パラパラと鳴る機関銃の連射音が遠くで響く
碧空の下で聴覚が鋭角に研ぎ澄まされていく
バサッと物音を立てて飛び立ったのは鳥だろう
水に浸かった足も手の先ももはや感覚はない

手に触れるものすべてが急速に現実感を喪い
生の実体だけがもどかしそうに胸の奥で蠢《うごめ》く
その不定形の塊を身体から捥《も》ぎ取るように
役に立たなくなった無線機を放り投げる
常に一緒だったときの追懐が宙に消える
一人森をさまよって何日が経つのだろう
両親の顔さえもう思い出すこともないのに
なぜか幼い頃の映像ばかりが浮かんでくる
川をゆうゆうと泳ぐ鮭の腹部の鮮やかな赤
鉄砲の音に騒がしく飛び立つオナガガモの翼
手に吸いつくイトトンボの翅脈の繊細な模様
意識が薄れていくなかで浮遊するものたち
喪われていく実在感が遠くから呼んでいる

高熱でうなされているときに突然触れてくる
母の手のつめたい感触が額にいきなり蘇る
それが自分自身の体の奥に眠る知覚なのか
誰かの夢のなかでの体感なのかが分からない
カーンカーンと遠くで針葉樹を切り倒す音が
吃音に連打された子音の間隙を縫って浮かぶ

（吃音に連打された子音の間隙を縫って浮かぶ

吃音に連打された子音の間隙を縫って浮かぶ
母音の球体を思わせる形姿に午後の時が隠れ
噴出した破裂音はやわらかに光を引き裂く
命ぜられるがままにカーテンはひるがえり
不穏な風の侵入にひそかに手を貸している
納戸に置き忘れられたセピア色の肖像画は
塗りの剝げかけた木馬やいかめしい甲冑と
意味ありげな視線を人知れず交わしあって
少年の恐怖心をこれ見よがしに煽ってくる
遠い祖先から受け継いだおのれの吃音も
滅び去ろうとする血筋の負の遺産なのか
全身を覆う倦怠感はいつまでも尾をひいて
微熱の波もひとときたりとも去ることはなく

気怠い午後をただ無為にやり過ごすしかない
埃にまみれた積木や首の捥《も》げた木製の兵隊も
幻燈機やジオラマとともにそっと目をそらす
ものたちの共和国への闖入者としての自覚が
恐怖の間隙を縫って肉体の全域を支配する
それらの忍びやかな呼びかけに応えようと
感覚器官のすべてを全開にして身構える
庭に立つオークの枝にノビタキが飛来して
胸の橙色をふるわせながらさえずっている
甲高く澄んだ声が淀んだ空気を切り開き
一閃の啓示となって魂の奥にまで波及する
光はオークの葉の一枚一枚までに滴り落ち
しばらく飛び跳ねたのちその場に休息する

時間が停止し事物も固唾をのんで見守る
一つの世界が完結して完璧な調和に憩う
黒雲の影が芝生の目のうちにまで侵入し
ノビタキがねぐらをめざして飛び去ると
光の粒子は早くも地表を逃れ去っていく
やがて日暮れを告げる鐘の音が響く傍《はた》から

（やがて日暮れを告げる鐘の音が響く傍から

やがて日暮れを告げる鐘の音が響く傍《はた》から
やわらかな夕闇の波形が立ち上がってくる
波形は残された光の蝶を追いかけるように
沈黙にたたずむ街並みや草原を駆けぬけて
思い出したかのようにその場に立ち止まる
夕闇はおのれの波及力にとまどいながらも
一日の名残のなかにどこまでも浸透していく
鐘の響きが地表のあらゆるものを覆いつくし
その手で時の一時停止ボタンをそっと押す
夜のうちにビロードの闇に産みつけられた
しなやかな手触りをもつ無数の記憶の卵が
光の生ぬるいしずくを浴びて孵化してくる
日暮れは記憶の卵が孵化する無辜《むこ》の時間だ

あっちからもこっちからも孵化する音が
疲労に染まった街並みの裏通りに反響する
孵化し損なった卵たちのひからびた被膜が
夕凪の残酷なたわむれにひらひら踊っている
誕生できなかった記憶は風に吹きさらわれて
怨嗟の吹き溜まりのそこここに淀んだまま
孵化した卵たちの記憶の陰影を深くいろどる
夕闇を背景にして戦勝記念塔が浮かび上がり
その影を歴史の裏側に飛び立たせようとする
子供たちの影もいつのまにか路地裏から消え
教会の尖塔が秘められた往古を自ら語り出す
川面に立つさざ波に夕暮れの光が反射して
その乏しい光を増幅しようと奮闘している

昼間の作りものめいた熱気は鎮静化されて
空気はここちよく人々の頬を冷やしていく
路地から流れ出す生活音が一時的に遮断され
やがて新たな夜の音がどこからか忍びこむ
か黒い影が伸びてきてひそかに立ち上がる
菫色の夕焼けがだだ漏れとなって視界を塞ぐ

（菫色の夕焼けがただ漏れとなって視界を塞ぐ

菫色の夕焼けがただ漏れとなって視界を塞ぐ
網膜にあふれる色彩が脳裏を郷愁で染め上げ
無意識に内在する薄暮の原風景をあぶり出す
前世での記憶の澱が腰椎に残っているためか
見も知らぬ街角の情景になつかしさを感じる
ノスタルジアの源泉が魂の基盤から湧き出し
眼前の夕焼けのグラデーションに魅入られる
茜から群青への何層にもわたる色彩の移行は
吸い込まれるほど蠱惑的な相貌を垣間見せる
次第に照明を落としていく空に火星が昇って
新しい夜の誕生を世界に向けて発信している
コウモリの最後の群れが空を鋭角に切り取り
あわてて出てきた星々の光を素早く掠め取る

やわらかに翳る闇が急速にその色を濃くして
原寸大のプラネタリウムを夜の幕に展開する
銀河は夏の大三角の中心を貫いて南北に走り
ベガとアルタイルの伝説を声もなく演出する
空を背景に恒星たちの孤独な生涯も交差する
銀河の岸辺に打ち捨てられて死んだ星たちの
永遠に眠る墓所は天空のどこにあるのだろう
ブラックホールの深い淵に呑みこまれるのか
寄る辺ない宇宙の果てを高速で飛行するのか
不意にジャスミンの妖しい香りが鼻腔を撃ち
脳の奥に官能の幻影がひとときスパークして
街角のしずかなたたずまいに引き戻される
潮騒が幽かな地響きを伴って胸にとどろき

遅れてなまなましい磯の匂いが全身を包む
海底火山のしわぶきが海の表面を波立たせ
ひたひたと音立てながら岸辺に押し寄せる
大陸が飽くことなくひそかな移動を続ける
この星の未来の履歴は記録されるだろうか
とうに忘れ去られた地誌の蒼白なページに

（とうに忘れ去られた地誌の蒼白なページに

とうに忘れ去られた地誌の蒼白なページに
博物館の晩秋がしずかな影を落としている
欠落した来歴は二度と見出されることもなく
放置された遺失物の渦のなかで埃にまみれる
空隙のように広がる中庭の静謐さの中心に
プラタナスの落ち葉がつとたわむれ掛かり
夕暮れの光のなかでいつまでも舞っている
窓辺に立つ双生児の少女の凜とした横顔
鼻梁に現れたわずかな描線の差異が翳る
博物館の古い樫の木の床が過去へと軋み
アンモナイトの化石も人知れずふるえる
耳にまとわりつく加湿器のうなりだけが
冷たく澄んだ空気を通奏低音として支配し

凝固しようとする時の滴りをかき混ぜている
坐るものさえいない椅子のうつろな空間が
かえって不在の人物をありありと現前させ
展示品のプレートの文字がぼんやりとにじむ
ヘビトンボの痕跡を封印した化石の憂愁に
不在の人物の孤独な長い影がすっと伸びて
姉妹は深淵を湛えた瞳をひそかに見交わす
不在ゆえにその支配は終わることなく続き
思考回路さえ昔日の規範に縛りつけられる
深い沈黙の果てに覚えずため息が漏れ出て
時間の領域にまで晩秋の陽ざしが侵入する
化石は速やかに生命進化の歴史を遡って
あらゆる生命現象の変相を投影しながら

ついにフデイシの原始的な形態に到達し
異形に自足する腕足類の眠りに潜りこむ
驚異に満ちた海洋生物の系統図が示され
三葉虫の化石は時の呪縛から解放される
カンブリア爆発が化石の向こうに広がり
眠れる山巓が夢みるがごとく立ち上がる

（眠れる山巓が夢みるがごとく立ち上がる

眠れる山巓が夢みるがごとく立ち上がる
山脈の稜線が雪に煙って鋭角に突き立つ
暴発する白のハレーションが眼界を急襲し
意識のうちの冷気を鋭利なナイフに変える
山肌から吹き下ろす強風に翻弄されながら
シラカバの翼果が時ならぬ蝶の大群となり
その薄い半透明の羽根を広げて舞い上がる
たちまち降下してまたふらふらと上昇する
きりきり舞いしながらも風に運ばれるのは
カエデの翼果だろうかマツの翼果だろうか
植物たちの貪欲な地上進出の戦略の巧みに
太古の森林がパノラマとして視界に広がる
深い森特有の匂いが鼻の奥をつんと刺激し

冷気に侵入された肺はラッセル音を発する
風雪の侵略に声を立てることもなく耐えて
樹木はそれぞれの形におのれの生を刻印し
何万年も続く遺伝子の現象を息づかせている
森がいきなり途切れて外気が眼界に流れこみ
網膜に映りこむ遠近法をずたずたに切り裂く
山腹にへばりついているのはサイロだろうか
その円筒形の建物だけが生活の匂いを発して
ぽつねんと白の世界のただなかに立っている
雪の結晶は他の結晶となれ合うこともなしに
ただおのれとして存在して他に干渉もしない
その自立性に今さらながら驚嘆の思いが湧く
太古の雪は現在降っている雪と同じだろうか

雪は水として形態の変化をくりかえしながら
地球規模の時代の変遷を見てきたのだろうか
生命の誕生の瞬間にも関わったのだろうか
神秘的な現象を支えた水の思慮深い原理に
微生物もおのれの出自を想起して唱和する
アルゴマン花崗岩の秘匿された喜びの歌に

（アルゴマン花崗岩の秘匿された喜びの歌に

アルゴマン花崗岩の秘匿された喜びの歌に
石筍にしたたる鍾乳洞の水滴が感応する
澄明な水音は洞内全体に反響音を提示し
洞窟魚の透き通る肌の内側にまで波及する
その音楽は退化した目の痕跡を刺激して
脳髄の奥底にわずかに残った光の記憶を
宝石の一閃として洞窟の漆黒に表出する
非在の光に射抜かれたコウモリの群れは
翼にできた裂け目を必死に補修しながら
その心理的な負担を互いに癒そうとする
コウモリにとって光に射抜かれることは
魂を鋭利な刃物で剔抉されることに等しい
体内から離脱した魂の群れが悲鳴を上げる

人の耳には決して届かない鮮烈な波長は
暗く湿った洞内を怨嗟の波形で満たして
探検隊の心に人知れぬ影を伸ばしてくる
果て知れぬ徒労感が隊員の列にめばえて
何万年もかけて形成した鍾乳石の祈りに
無辜なる闇の結晶がやさしく触れてくる
雨水によって溶解した炭酸カルシウムは
自らが六方晶系となって方解石に晶出し
透明なままに劈開する遠い日々に憧れる
複屈折を利用したコンパスとして航海し
同質異像のアラゴナイトに析出する時を
結晶を生成する長い眠りのなかで夢みる
石灰岩に封印され続けるウミユリやサンゴ

殻をもつ腕足類やフズリナなどの有孔虫も
化石として眠り続ける時間の夥しい堆積に
生命のふたたび宿る悠遠の日々を想起する
再帰する時が大きな螺旋を描いて動き出す
沈黙に沈みこむ鉱石の脈打つ結晶のうちに
始原の闇の欠片が雲母《きらら》となって紛れこんで

（始原の闇の欠片が雲母となって紛れこんで

始原の闇の欠片が雲母《きらら》となって紛れこんで
天空を覆う幔幕に散らばる無数の星となる
雲母の星たちはおのれの資質のままに瞬き
秘めやかな音楽を伽藍全体に響き渡らせる
紫紺に翳る空の端に光のほのめきが現れる
蹲《うずくま》る闇を破り出た一閃はきらめく蝶となり
その羽ばたきがさわやかな風を呼び起こす
地球に辿り着いた光子たちによる歓喜の叫び
はしゃぎまわりじゃれあう夥しい光子の列
その熱エネルギーが新たな現象を生み出す
植物に光合成をうながして酸素を発生させる
太陽の中心部にある出自の溶鉱炉から旅立ち
大気圏での散乱・吸収の試練に耐えた光子は

苦難の旅の中継点の地球にようやく辿り着き
地表での乱舞の果てに再び宇宙へと飛び出す
漆黒の空間に間断なく吸いこまれる光子たち
星間から湧出した闇は光子の運動に導かれて
次々と激突した後たちまち地殻を突き破る
地下深部で石英や正長石と宿命的に邂逅し
薄く剥がされて自らが雲母の形状に結晶する
悠久のひそかな足音を聞きながら時を内省し
結晶王国の悠遠なる版図をめざして憧憬する
時間を超越した生命なき生命の王国に向けて
母胎のもつしなやかな闇の特質を捨て去り
堅牢な構造を担うべく未来の形象に加担する
たちまち薄片に分離していく組織の宿命に

なす術もなく晒されるおのれの脆弱な身に
嘆くこともかなわず耐えしのぶ重圧の日々
それが真の組成となるまでの永劫の時の帯を
自らの変成へと誘う運動の側へ傾斜していく
生命発生以前から鉱物に秘められた実体が
造山運動の底に眠る通奏低音をゆり起こす

（造山運動の底に眠る通奏低音をゆり起こす

造山運動の底に眠る通奏低音をゆり起こす
地殻のかすかな胴震いが潮騒のように轟き
褶曲する地形を弦楽器として玄妙に鳴らす
潜伏する音楽は波濤に乗って周囲に広がり
小島に集まるウミネコの浅い夢に侵入して
鋭角な音波の嘴で終末の暗い予感をつつく
耳をつんざく鳴き声の騒擾が一挙に高まり
三半規管を侵犯して波濤の音楽をかき消す
海中深く潜入し伝播する音楽の一音一音は
フネダコの放射状に広がる肋に沿って走り
月齢の誘いを受けて漂い出たウミホタルの
半透明の殻を刺激して妖しく発光させる
月は海面の出来事とは没交渉の態《てい》のまま

風が吹き散らす雲の動きに顫動《せんどう》している
波のうねりは自らを次第に高めていって
海に眠る生命体の基部をひそやかにゆらす
大赤斑を見せる木星が雲の切れ間から現れ
宝石を模した繊細な縞模様の肌を輝かせる
四つのガリレオ衛星は互いに軌道共鳴して
その影響力を宇宙空間に及ぼそうとする
大地の底にいきなりわずかな亀裂が走り
反り返った男根の形に伸び広がる列島を
射精直後のひそかな身震いが即座に襲う
払暁を告げる茜色が東の空を染めはじめ
やがて新鮮な朝が地表をくまなく覆う
海からの風は微光を孕んで吹きわたり

入り組んだ海岸線を光の糸で縫い取る
サシバの大群が空を切り裂いて旋回し
ピックイーと透き通る声で鳴き交わす
雲一つない碧空に巨大な虹が弧を描く
人々の嘆賞は直ちに嬌声へと変化する
大地の亀裂から鮮烈な熱泉が吹き上がり

（大地の亀裂から鮮烈な熱泉が吹き上がり

大地の亀裂から鮮烈な熱泉が吹き上がり
生命体としての地球の胎動を可視化する
満々たる水をたたえた惑星は青く輝いて
調和になごむ天体運行の秩序のなかで
絶妙な均衡を図りながら航行している
地中ではマントルがゆるやかに対流し
ゆるがぬはずの大地を乗せて運んでいる
流動することこそが存在の本質的基盤だ
宇宙に存在する森羅万象は流転している
食料を探し求めて地面を這うアリたちは
万物は流転することを認識しているのか
たえず自転しながら公転している大地を
ふと不安に感じたりはしないのだろうか

空を自由自在に飛びまわるツバメたちは
大気はいつまでも不動ではないことを
その翼の感覚で冷静に把捉しているのか
青く広がる空はなにも答えようとはしない
多種多様な生命を乗せて進む巨大な船は
宇宙の森羅万象が抱えもつ固有の神秘を
どれほど正確に知覚しているのだろうか
孤立した独楽としての自らの運命も知らず
まったく無頓着に偶然性のたわむれのままに
茫洋たる宇宙空間を営々と回転しているのか
だれもいない暖かな芝生に寝ころがる少年は
とりとめもないことをいつまでも自問する
暗黒物質は地表をくまなく狙い撃ちにして

少年のしなやかな体を通り抜けて走り去る
果てしない望郷が細胞レベルでうごめく
海面のさざ波一つ一つに陽光は射しこみ
光の絨毯が目のうちを浮遊しはじめる
今しも太陽は水平線に沈みこもうとし
世界は眠たげな黄昏一色に染められる

（世界は眠たげな黄昏一色に染められる

世界は眠たげな黄昏一色に染められる
意識が混濁の渦に呑みこまれそうになり
視界一面を圧倒的な終末の色が覆いつくす
時の流れが一瞬にしてその場に凍りつき
事物のすべてがおのれのうちに自足する
特権的な瞬間が地上にあまねくはびこり
丹塗りの空を鳥の影が一直線に横切って
澄明な鳴き声をその線に沿って流しこむ
時の軛《くびき》を断ち切って渡る優雅な鳥の姿が
目のうちの夕焼けの空に永遠に刻印され
時間の航跡がスクリーンに浮かび上がる
一つ一つのフィルムのコマが連写されると
動きが繋がって見えてしまう錯覚と同じく

時間は断絶した瞬間の連続にすぎないのか
目の前の岩棚には波が次々と打ち寄せては
それぞれの形象を瞬時に見せて帰っていく
水平線近くの大型船の影がおぼろに震えて
波間に取り残された光の粒子が飛び跳ねる
海を渡ってきた風が頬をやさしくなぶり
慰撫の波頭が心のうちに打ち寄せてくる
すべてが過去に夢みた記憶の影にすぎない
遠い既視感が胸の奥でもどかしくうごめく
海岸線の右手後方に街の灯りが瞬き出す
波の音に消されて雑踏はまったく届かない
むしろ波の音の中心に激しい静寂がある
この澄明な時のしたたりは一体何なのか

寄せては返す波のリズムにゆすぶられて
地球というゆりかごに乗った心地がする
夕陽が水平線をくっきりと見せて海に沈む
この一瞬を永遠に変える手立てはないのか
世界は沈黙のうちに実体を開示しようとする
夏の両腕に抱き取られた夕景を受肉しながら

（夏の両腕に抱き取られた夕景を受肉しながら

夏の両腕に抱き取られた夕景を受肉しながら
暮れなずむ空はとまどいのなかに吊るされる
成層圏の風に吹かれてさまよう光の粒子が
薄青く発光しながらオゾンとたわむれる
対流圏にまで侵入したわずかな光の粒子は
境界面で跳ねたりはしゃいだりしながら
菫色に染まりいく空に抵抗できないでいる
夜の薄い膜が地表をすっかり包みこみ
静寂の音が直ちに三半規管の奥にまで届く
平衡感覚の回路にかすかな狂いが生じ
人は自分の立ち位置さえあやふやになる
一瞬の隙をついて流れこむ異世界の幻影
放散虫はガラスの骨格をほのかに光らせて

重畳する夜の闇のなかをあてどなく漂う
アンドンクラゲは刺胞毒をもつその触手で
夜空の星たちに挑みながら巧みに遊泳する
人は幻想なくしては生きていけないのか
走馬燈のようにまたたく間に過去が蘇り
未来は夜が広げる漆黒の闇に沈みこむ
過去と未来はお互いが瞬時に交換可能な
融通無碍の状態に溶けあったまま流動する
流星が一つ長い尾を曳いて海に飛びこむ
波紋が拡散して海は急速に冷やされる
浅い微睡《まどろ》みからふと目覚めた魚たちは
固有の記憶を喪ったことに卒然と気づく
海胆やヒトデは星になる日を夢みながら

宇宙から飛来してきた来歴を探索する
生命をもつものたちの一瞬の輝きが
死んでいくものたちへの墓標となる
海は自ら翳って悲しみの岸に打ち寄せ
引きかえす波に秘めて忍び音をもらす
輾転反側する鱏たちへの挽歌のために

高柳誠（たかやなぎ・まこと）

一九五〇年、愛知県名古屋市生れ。

詩集

『アリスランド』（一九八〇年・沖積舎）
『卵宇宙／水晶宮／博物誌』（一九八二年・湯川書房）
『綾取り人』（一九八五年・湯川書房）
『都市の肖像』（一九八八年・書肆山田）
『アダムズ兄弟商会カタログ第23集』（一九八九年・書肆山田）
『樹的世界』（一九九二年・思潮社）
『塔』（一九九三年・書肆山田）
『イマージュへのオマージュ』（一九九六年・思潮社）
『月光の遠近法』（画＝建石修志／一九九七年・書肆山田）
『触感の解析学』（画＝北川健次／一九九七年・書肆山田）

『星間の採譜術』（画＝小林健二／一九九七年・書肆山田）
『万象のメテオール』（一九九八年・思潮社）
『夢々忘るる勿れ』（二〇〇一年・書肆山田）
『半裸の幼児』（二〇〇四年・書肆山田）
『廃墟の月時計／風の対位法』（二〇〇六年・書肆山田）
『鉱石譜』（二〇〇八年・書肆山田）
『光うち震える岸へ』（二〇一〇年・書肆山田）
『大地の貌、火の声／星辰の歌、血の闇』（二〇一二年・書肆山田）
『月の裏側に住む』（二〇一四年・書肆山田）
『放浪彗星通信』（二〇一七年・書肆山田）
『無垢なる夏を暗殺するために』（二〇一九年・書肆山田）
『フランチェスカのスカート』（二〇二一年・書肆山田）

集成詩集
『高柳誠詩集（詩・生成7）』（一九八六年・思潮社）

『Augensterne　詩の標本箱』（ドイツ語訳＝浅井イゾルデ／二〇〇八年・玉川大学出版部）
『高柳誠詩集成Ⅰ』（二〇一六年・書肆山田）
『高柳誠詩集成Ⅱ』（二〇一六年・書肆山田）
『高柳誠詩集成Ⅲ』（二〇一九年・書肆山田）

エッセイ・評論
『リーメンシュナイダー　中世最後の彫刻家』（一九九九年・五柳書院）
『詩論のための試論』（二〇一六年・玉川大学出版部）

――ほか

詩集　輾転反側《てんてんはんそく》する鱏《えい》たちへの挽歌《ばんか》のために

二〇二三年四月一六日　初版発行
著　者――高柳　誠
発行人――山岡喜美子
発行所――ふらんす堂
〒182-0002　東京都調布市仙川町一―一五―三八―二F
電　話――〇三（三三二六）九〇六一　FAX〇三（三三二六）六九一九
ホームページ　http://furansudo.com/　E-mail　info@furansudo.com
振　替――〇〇一七〇―一―一八四一七三
装　幀――君嶋真理子
印刷所――日本ハイコム㈱
製本所――㈱松　岳　社
定　価――本体二七〇〇円＋税
ISBN978-4-7814-1538-3　C0092　¥2700E